I fy merched annwyl, Sophie-May ac Evie-Jane.

To my two beautiful daughters, Sophie-May and Evie-Jane.

JGJ

Cyhoeddwyd gyntaf yn 2012 gan Wasg Gomer, Llandysul, Ceredigion, SA44 4JL
www.gomer.co.uk

ISBN 978 1 84851 535 2

Dymuna'r cyhoeddwyr gydnabod cymorth Cyngor Llyfrau Cymru.

Argraffwyd a rhwymwyd yng Nghymru gan Wasg Gomer, Llandysul, Ceredigion SA44 4JL

First published in 2012 by Gomer Press, Llandysul, Ceredigion, SA44 4JL
www.gomer.co.uk

ISBN 978 1 84851 535 2

The publishers would like to acknowledge the support of the Welsh Books Council.

Printed and bound in Wales by Gomer Press, Llandysul, Ceredigion, SA44 4JL

Peta Pengwin

Peta Penguin

Jane Griffiths-Jones

Gomer

Bob bore ar ôl brecwast mae Peta Pengwin
wrth ei fodd yn canu . . . a . . . chwibanu . . .

Every morning after breakfast Peta Penguin sings . . . and . . . whistles . . .

yn plygu . . . ac ymestyn . . .

. . . then bends . . . and . . . stretches . . .

Ond un bore, doedd Peta ddim mor hapus ag arfer.

But one particular morning, Peta was not his usual happy self.

'Beth sy'n dy boeni di,
Peta bach?' holodd Mam.
'Dwyt ti ddim yn canu na
chwibanu bore 'ma.'

'What's the matter, little Peta?' asked Mum.
'You're not singing or whistling this morning.'

'A pham wyt ti'n crio, cyw?'

'And why are you crying, my little chick?'

13

'Mae 'ngwallt i dros y lle i gyd.

EDRYCH!' Dechreuodd grio.

'MAE MOR ANNIBEN!'

'My hair's sticking up.
LOOK AT IT!' He sniffled.
'IT'S A MESS!'

'Wedyn, mae'n rhaid i ti ei sychu yn y gwyntoedd cryfaf, fel hyn . . .' gwaeddodd.

'And then, you must dry it in the strongest wind, like this . . .' she shouted.

19

'Ac yn olaf, mae'n rhaid i ti ei sythu
ar yr iâ caletaf, fel hyn,' eglurodd.

'And finally, you must straighten it on the hardest ice, like
this,' she explained.

'Dyna welliant,' meddyliodd Peta,

wrth ffit-ffatian ei ffordd 'nôl dros

yr iâ caletaf . . .

'That looks much better,' thought Peta and off he
waddled back over the hardest ice . . .

i chwarae gyda'i ffrindiau.

to play with his friends.

28

'Mae dy wallt di'n edrych yn smart
iawn heddiw, Peta,' meddai ei ffrindiau.
'Beth wyt ti wedi'i wneud iddo?'

'We like your hair today, Peta,' said his friends.
'What have you done to it?'

29